¡No, David!

David Shannon

Traducido por Teresa Mlawer

SCHOLASTIC INC.

Para Martha, mi madre, que me mantuvo
a raya entonces, y para Heidi, mi esposa,
que me mantiene a raya ahora.

NOTA DEL AUTOR

Hace algunos años, mi madre me envió un libro que yo había hecho cuando era niño. Se llamaba *David, no,* y estaba ilustrado con dibujos de David haciendo toda clase de travesuras. El texto consistía enteramente de las palabras *no* y *David* (las únicas que yo sabía escribir). Pensé que sería divertido recrear el texto con variaciones de esa palabra universal que todos hemos escuchado durante nuestra niñez.

Por supuesto que *sí* es una palabra estupenda… pero *sí* no evita los dibujos en las paredes de la sala.

Originally published in English as *No, David!*
Translated by Teresa Mlawer
Copyright © 1998 by David Shannon
Translation copyright © 2018 by Scholastic Inc.

ISBN 978-1-338-26904-8

10 9   21 22

Printed in the U.S.A   40

First Scholastic Spanish printing 2018

La mamá de David
siempre decía...

¡No, David!

inmediatamente !

¡Vete a

¡Deja
de hacer
eso ahora
mismo!

¡Recoge tus juguetes!

¡En la casa

no, David!